The Fairy House : Fairy For A Day
by Kelly McKain

First published in 2007 by Scholastic Children's Books

ケリー・マケイン 作
田中亜希子 訳
まめゆか 絵

ポプラ社

もくじ

みんな、元気？
また会えて、うれしいな☆

わたしね、このところずっと、
夢を見ているような気分なの。

だって……ほんものの妖精と友だちになったんだもん。
しかも、わたしのドールハウスにすんでるんだよ！

ね？ びっくりでしょ？

わたしもびっくり。今もまだしんじられないくらい。
でもね、ほんとのことなんだ。

友だちの名前は、ブルーベル、デイジー、
サルビアに、スノードロップ。

妖精をしんじてる人には、
ちゃんとすがたが見えるんだって。

みんなにも、きっと、見えるよね☆

人物紹介
ピュア
ロンドンから来た女の子。
妖精をしんじていて、
夢見ることがすき。
新しい家にママとすんでいる。
Pure
Bluebell
ブルーベル
元気いっぱいの春の精。
うれしいのもかなしいのも、
すぐ顔にでちゃう！
Daisy
デイジー
心やさしい夏の精。
いつもみんなを見守って
いる、お姉さん的存在。
Salvia
サルビア
しっかりものの秋の精。
自分の意見をはっきりいう
タイプ。ピアノが得意。
Snowdrop
スノードロップ
はずかしがりやの冬の精。
ふだんはおとなしいけれど、
実はいちばんの大物？
妖精ハウス
オークの木の下に
おいてある、ピュアの
ドールハウス。
妖精たちがすんでいる。

第1章 妖精になる方法!?

放課後、だれよりもはやく教室をとびだしたピュアは、帰り道をいそいでいました。

あとひとつ角をまがると、そこはもう、ピュアの家がある新しい住宅地。茶色の四角い家がいくつもたっていて、まるでつみ木がならんでいるみたいです。

そのなかで、ひときわめだっているのがピュアの家。なにしろ、玄関のドアがあざやかなピンク色なのです。きれいな明るい色がすきな画家のママが色をぬりなおしました。

うちまで、あともう少し!

角をまがったピュアは、うれしくてドキドキしました。

といっても、ドアのピンク色にときめいたわけではありません。

家に帰ったら、四人の新しい友だちに会える！　と思ったのです。

「ただいまー！」

家についたとたん、ピュアはスクールバッグをほうりだし、大いそぎで制服を着がえると、そのまま外にでようとしました。ところが、「おやつがテーブルにあるわよ！　あそびに行くなら、食べてからにしなさい！」と、ママの声。

ピュアはおやつがきらいなわけではないので、ここでママといいあいをしたくはありません。あせる気持ちをおさえながら、オレンジジュースと手づくりのフラップジャックをおとなしく食べました。

フラップジャックというのは、あまいシリアルバーににた、イギリスの伝統的なおかしです。

おやつをたいらげたピュアはこんどこそ、裏口から外へとびだしました。裏庭の芝をつっきって、針金が一本わたしてあるだけのフェンスをくぐります。

そこから先は、草がしげる野原です。ピュアはハミングしながら、長い草やタンポポをかきわけて進みました。

こうしてたどりついた場所は、お気に入りのオークの木の前！

木の下においてあるピンク色のドールハウスを見て、ピュアは思いきり笑顔になりました。

このドールハウスには、じつはひみつがあります。ピュアの新しい四人の友だちが、なかにすんでいるのです。

というのも、その子たちは……ほんものの小さな妖精！

出会いは、ピュアがまだこの町にひっこしてきてまもないときでした。

買ってもらったばかりのドールハウスをオークの木の下におきっ

ぱなしにしてしまい、つぎの日の朝、もどってきたら……ドールハウスのなかに、四人の妖精がすんでいたのです。さいしょ、ピュアは自分の目がしんじられませんでした。

妖精の世界〈フェアリーランド〉から人間の世界にやってきた四人の名前は、ブルーベル、デイジー、サルビア、スノードロップ。みんな手先がとても器用で、それはすてきな女の子たちです。

たとえば、ブルーベルは、ドールハウスのかべに押し花の絵をたくさんかざり、ソファーにバラの花びらのカバーをかけ、まどに水玉もようのカーテンをつけました。それにデイジーは、みんなのために花のナイトライトのアイデアをだしました。このライトのおかげでドールハウスは、夜も明るくてらされています。

むらさき色にぬった玄関のドアには、

妖精ハウス

というきれいなかざり文字がついています。ピュアが妖精たちのために心をこめて書いた友情のしるしです。

このドールハウスは今や、ほんものの妖精の家でした。

デイジーのナイトライト

ドールハウス

水玉のカーテン

押し花の絵

今では季節は夏に近づき、野原の草花は元気に背をのばし、妖精ハウスをすっぽりかくしています。おまけに、スノードロップがまどべにかごをいくつもおいて、かわいいピンクとむらさきの花をうえたので、妖精ハウスはますます、まわりのけしきにとけこんでいます。

うん、すごくいい感じ。

ピュアはそう思いました。だって、妖精たちがここにすんでいることを、だれにも知られたくありませんでしたから。

ピュアが妖精ハウスの前に立つと、二階の部屋のまどから、デイジーとスノードロップが顔をだし、手をふりました。

「おかえりなさい。やっと帰ってきた！」とデイジー。

「はやくなかへ！　あ、その前にもちろん、小さくなってくださいね」とスノードロップ。

「うん！　ちょっとまってて！」

　ピュアはふたりにむかって、にっこりしました。妖精たちに会えるのを、朝からずっと楽しみにしていたのです。すぐに妖精ハウスのよこにしゃがんで、玄関のドアについている小さな青いドアノブにこゆびをかけました。

　このドアノブには、ブルーベルがキラキラの粉〈フェアリーパウダー〉をふりかけ、小さくなれる魔法をかけています。

何度やっても、ドキドキするな……。

ピュアはそう思いながら、妖精たちが教えてくれた魔法のことばを、そっととなえました。

「妖精をしんじます……妖精をしんじます……妖精をしんじます！」

とたんに、頭のてっぺんがチリチリしました。つづいて、ボン！という音とともに、まわりにあるものが、なにもかも、どんどん大きくなっていきます。

もちろん、まわりが大きくなったわけではありません。

自分のほうが、どんどん小さくなっているのです。

やっと体がちぢむのが止まったとき、ピュアは妖精たちとおなじ大きさになっていました。

「やった！」

すっかりうれしくなって、ピュアはさっそくドアノブをまわしました。と、そのとき、オークの木のうしろから、ブルーベルとサルビアがとんできたのです。

ブルーベルが猛スピードでつきすすみ、そのすぐうしろをサルビアが手をのばしながら、おいかけています。今にもブルーベルの足をつかみそうです。

ふいにブルーベルがピュアに気がついて、手をふろうと、ちょっとスピードをゆるめました。とたんに、サルビアがブルーベルの足首をつかみます。

「つーかまえた！　こんどはブルーベルがオニよ！」

サルビアが、かちほこったようにさけびました。

すると、ブルーベルが空中にとどまったまま、こしに両手をあてて、いいました。

「今のは、なし！　うちはピュアにあいさつしただけなんだから！」

けれどもサルビアは、赤い髪をさっとうしろにはらうと、からかうように、くるんと宙返りをして、いいました。

「『なし』じゃないわ。あたしたち、オニごっこのとちゅうだったんだもの。こんどはブルーベルがオニ！」

サルビアはいたずらっぽく舌をべーっとつきだすと、ブルーベルのよこをかすめるようにとんでいきました。

ブルーベルも、サルビアにおいつこうと、とびだします。

ふたりがミツバチのような羽音をたてて、ほそい足をゆらしながら、いきおいよくとんでいくさまを見て、ピュアは思わずわらいだしました。

まったくもう、あいかわらずなんだから！

ブルーベルとサルビアは大のなかよしなのですが、頭に血がのぼりやすいため、しょっちゅうけんかになるのです。

そのとき、デイジーとスノードロップが玄関ドアからとびだしてきて、ピュアにだきつきました。

と同時に、ブルーベルとサルビアが空からダイブして、地面にぶつかる直前に、ひゅんとはねあがりました。半分けんかになっていたオニごっこなんて、もうおしまいです。ふたりも笑顔になって、

ピュアに「おかえり！」とだきつきました。

やがてスノードロップが、花びらがかさなってできているスカートのあいだに手を入れて、長いロープをひっぱりだし、ピュアにいいました。

「わたしたち、草をあんで、なわとびをつくったの。みんなでやりませんか？」

「うん、やろう！　でもその前に、きょうはみんなに話があるの。すごく大切な話。〈任務〉のことなんだ」

ピュアがそういうのをきいて、みんなは「なにかわかったの!?」と身をのりだしました。

スノードロップはまたスカートのあいだに手を入れて、「ちょっ

とまってください」と、こんどはくるくる丸めてある紙をとりだしました。それは妖精の女王さまからあたえられた、だいじな指令書です。スノードロップのまわりにみんながすわって、いっしょに読みました。

〈任務〉第四五八二六番

妖精の女王による指令書

おそろしい知らせがフェアリーランドにとどきました。

あなたたちも知ってのとおり、魔法のオークの木はフェアリーランドと人間の世界をむすぶ門です。妖精が人間の世界へ行くには、〈魔法のきらめく風〉にのってその門を通るしか方法はありません。

ところが、オークの木を切りたおして家をたてようとする人間が、あらわれたのです。そのようなことになれば、妖精は人間の世界へ行って自然を守ることができなくなります。

一部の人間がそのようなおそろしいことをしないよう、あなたたちが止めなさい。そして、この先ずっと、オークの木がかならず守られるようにするのです。

以上が、あなたたちの〈任務〉です。

この〈任務〉をはたしたときだけ、フェアリーランドへ帰ることをゆるします。

妖精の女王

追伸　さまざまな誕生石をあつめなさい。オークの木をすくう魔法をはたらかせてくれるでしょう。

　四人の妖精は、人間の世界にあそびにきたわけではありません。フェアリーランドを治める女王さまに命じられた〈任務〉をはたすため、やってきたのです。
　その〈任務〉とは、妖精の世界と人間の世界をつなぐ大切なオークの木を守ること。
　今、この木が何者かによって切りたおされようとしていました。それを止めるためには、どこにあるのかわからない「誕生石」を見つけなければなりません。もちろん、木を切る計画をたてているのはだれな

のか、ということも。

ピュアは、この〈任務〉を手つだおうときめました。オークの木を助けなきゃ、と思ったのです。妖精たちは人間の世界の自然を守ってくれています。そのつながりをなくしたくありません。

まずピュアは学校の図書室で、誕生石についてしらべてみました。するとおどろいたことに、ジェーンおばさんからもらっていつもはめているリングが一月の誕生石、ガーネットだったのです。

これですくなくとも、誕生石をひとつ、見つけたことになりました。けれど〈任務〉をはたすためには、もっとあつめるひつようがあります。ルビーや、サファイア、エメラルドといった高価な宝石は、どうやって手に入れたらいいのでしょう？　ピュアにも、妖精たちにもわかりません。

けれども、ピュアは誕生石さがし以外のところで一歩前進していました。オークの木を切りたおそうとしている人の情報を手に入れたのです。

「きのう、ママからマックス・タウナーさんって人のことをきいたの。この住宅地をつくった責任者なんだって。それで、もしかしたら、オークの木を切りたおす計画をたてているのは、その人かもっ

て思ったの。住宅地を広げるつもりなんじゃないかって」

ピュアがそういうと、妖精たちはだまってうなずきました。

「それでね、じつはその人のむすめが、おなじクラスにいるんだ。名前はティファニー・タウナー。ちょっとね……なんていうか、いじわるな子なんだけど」

妖精たちは、ピュアがあつめてきた情報をしんけんにきいています。

ピュアはさらに話をつづけました。

「きょう、なにかきだせるかと思って、ランチのとき、ティファニーのとなりにすわってみたの。でも、かんぜんにむしされちゃった。ティファニーは、ロンドンから転校してきたわたしのことを、きどってるいい子ちゃんって思ってて、気にいらないみたい。だから、いじわるして口をきこうともしないんだ」

ピュアはため息をつきました。

「ほんとは友だちになって、いろいろきけたらいいのかもしれないけど、わたしにはできそうもないよ」

すると、デイジーが考えながらいいました。

「あのね……オークの木を切りたおす計画をさぐる方法なら、もう

ひとつあると思う。それはね……わたしたち妖精のうちのひとりが、そのティファニーって子と友だちになるの」

ピュアはびっくりして、デイジーの顔をまじまじと見ました。

「でも、どうやって？」

ピュアのことばにこたえたのは、ブルーベルでした。

「わかった！　人間に変身して、ピュアのかわりに学校に行けばいいんだよ！」

「わあ、すごくいいアイデア！　転校生になるってことですね。『ピュアと一日だけ学校を交換しました』っていえば、あやしまれませんね」とスノードロップ。

ピュアは、うれしくなってさけびました。

「すごい！　そんなことできるんだ！　でも、妖精(ようせい)はどうやって大(おお)きくなるの？　羽(はね)もかくさなくちゃだめだし……。そっか、フェアリーパウダーをつかえばいいんだよね？」

ところが、だれもこたえてくれません。

「どうしたの？」

妖精(ようせい)たちはみんな下(した)をむいて、おたがいをちらちら見(み)ています。なんだかようすがへんです。

やっとデイジーが、三つあみの髪(かみ)をいじりながら、口(くち)をひらきました。

「えっと、それがね……フェアリーパウダーをつかうだけじゃ、だめなの。うめあわせが、ひつようだから。つまり、ひとりの妖精(ようせい)が人間になるには、ひとりの人間が妖精にならなきゃいけないってわけ。人間になった妖精のかわりにね」

ピュアは、息をのみました。

「その人間って、わたしのこと!?」

びっくりして、思わず目を見ひらきます。

デイジーがせつめいをつづけました。

「人間になる妖精も、妖精になる人間も、すごく勇気がいることだと思う。だって、どちらかの身になにかがおきてしまったら、もうひとりのほうはえいえんに変身したままになってしまうから。それに、どちらかが変身したまま、もとにもどりたくないって思ったら、もうひとりのほうも、もとにもどれなくなっちゃうんだから。この

変身は、かんたんに考えちゃいけないことなの」
四人の妖精は、しんけんな目でピュアを見つめました。ピュアは
はっとしました。その変身が、考えたこともないくらいきけんなも
のだとわかったのです。
もし妖精になったまま、もどれなくなったら、どうしよう？　学
校に行けなくなるし、ジェーンおばさんとも会えなくなっちゃう。
それどころじゃない。ママと、にどと会えないんだ……！
そんなこと、考えただけでぞっとします。
けれどもふと、だいじな〈任務〉のことを思いだしました。妖精
たちが〈任務〉をやりとげられるように手つだうと、自分がやくそ
くしたことも。

オークの木が切りたおされたら、フェアリーランドだけでなく、人間の世界もおそろしいことになるでしょう。妖精たちが力をそえているからこそ、花がしっかり育ち、季節がきちんとうつりかわるのです。

もしオークの木が切りたおされて、妖精たちが人間の世界に来られなくなったら、六月に雪がふるかもしれません。あるいは、雨がやまなくなって、くだものややさいが育たなくなるかもしれません。そんなことになったら、食べ物がたりなくなってしまいます。

そのあとどうなるかは想像するしかありませんが、ひとつだけ、はっきりしています。そんな未来、いいわけがないのです。

ピュアは息をすーっとすいこむと、立ちあがりました。

「そうだね。オークの木を切りたおす計画をしてるのが、ほんとにマックス・タウナーさんなのか、やっぱりつきとめなくちゃ。それには、わたしたちが入れかわってティファニーに近づくのが、いちばんいい方法だと思う。だから、わたし、やる！」

「わあ、ピュア、勇気をだしてくれて、ありがとう！」とデイジー。

「よかったです！」とスノードロップ。

そのとき、ブルーベルがすっくと立ちあがりました。

「うちも、やる！」

みんながびっくりしてブルーベルを見ました。だれも、「ありがとう」と

も「よかった」ともいいません。それどころか、なにもいいません。

「なによ、みんなもんくあるわけ⁉」

すると、デイジーがとてもやさしく話しはじめました。

「ブルーベル、あのね、わるくとらないでほしいんだけど、ブルーベルがその人間の女の子、ティファニーにたいして、かっとならずにいられるとは思えないの。もしも、その子にいじわるなことをいわれたら、どうする？」

「へいきだよ。うち、おこらないでいられるもん。ピュアがいったように、ティファニーのお父さんがおそろしい計画をたてている人なのかどうか、できるだけはやくつきとめないといけないんだから。それに、おもしろそうだよね。スパイになって、敵の仲間になりすますみたいでさ。うち、ちゃんとまわりにとけこんで、ティファニーの友だちになってみせる！」

ピュアは、ブルーベルのことばに思わずわらいだしてしまい、あわてて自分の口をふさぎました。

「えっ？　なにがそんなにおかしいの？」

「だって、その水色の髪！　それじゃあ、まわりにとけこむどころか、めだっちゃうよ。でも、ブルーベルがそんなにティファニーと友だちになれる自信があるなら、わたしはよろこんで入れかわる。ブルーベル、ほんと、勇気があるよね！」

「やった！」

ブルーベルはどうだとばかりにくるんとまわって、さいごにプリ

ンセスのように、ひざをおっておじぎをしました。

ところが、サルビアがぷっとふくれていいました。

「あたしも、入れかわりたかったのに」

それにこたえたのは、デイジーでした。

「ブルーベルが先に手をあげたんだから、人間になるのはブルーベルできまり。だけど、学校へはみんなで行こう。妖精になりたてのピュアのそばに、わたしたちがいないとあぶないから」

「でも、あたしだって、がんばりたかったのに」

サルビアはまだあきらめられないようでしたが、それ以上はもんくをいいませんでした。

「じゃあ、これできまり！　あした、わたしとブルーベルで入れかわろう！」

ピュアはきっぱりいいました。とたんにドキドキしてきて、思わずブルーベルにとびつきました。高まる気持ちをおさえきれず、ふたりでぴょんぴょんはずんだり、そこらじゅうをダンスしてまわったりします。

ほかのみんなも——サルビアもくわわりました。

人間にもどれないかもしれないというきけんを考えると、ピュアは不安になりましたが、それ以上にわくわくしていました。

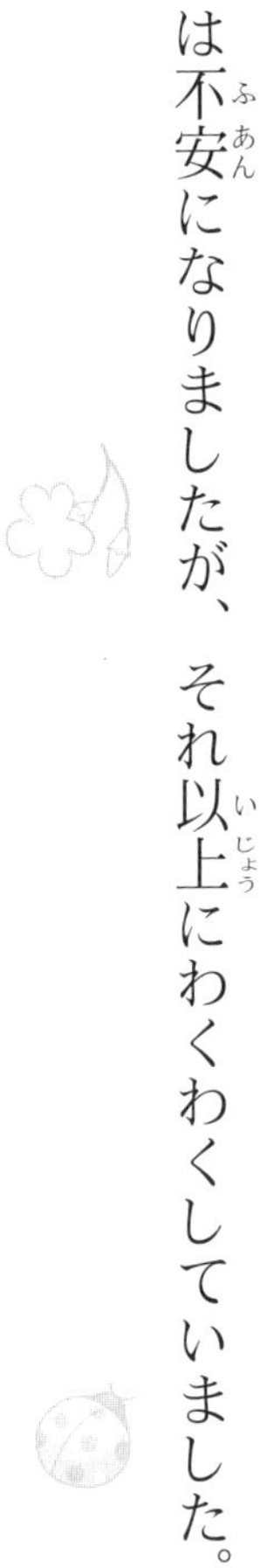

わたし、妖精になれるんだ！　たった一日だけど、ほんものの妖精になれるんだ！

　あしたの計画を話しあったあと、ピュアはいいました。

「そろそろ夕食の時間だから、帰らなくちゃ。でもその前に、新しいなわとびでちょっとあそびたいな」

　スノードロップがぱっと顔をかがやかせ、スカートのあいだからとりだした一本の長いなわとびをほどきました。すかさずサルビアが、自分でつくったなわとび歌をとくいげにひろうします。

　スノードロップとデイジーが大なわをまわしはじめ、サルビアとピュアがいっしょにとびこみました。それから、ふたりで大なわをとびながら、妖精のなわとび歌をうたいます。

「♪羽をパタパタ、足をぴょんぴょん!

　お入り、ブルーベル、リズムよく!」

　すると、ブルーベルが「よおし!」と声をあげ、まわっているなわのなかにうまく入ると、いっしょにとびはじめました。

　妖精のなわとび歌をうたいながら、ピュアはまたドキドキしていました。

　あした、わたしはほんとに「羽をパタパタ」するんだよね。だって、ほんものの妖精になるんだから……!

　なわとびが楽しくて、ピュアは時間をわすれていましたが、ふいに気がつきました。そろそろほんとうに夕食の時間です。ママがさがしにくるかもしれません。

ピュアはしかたなくみんなにさよならをいって、おわかれのハグをすると、家に帰りました。

夕食は、ママの手づくりピザでした。にがてなやさいが、チーズの下にあれこれかくされていることには気づいていましたが、おなかがすいていたピュアは、思いきってぱくっと食べました。

あれ……？　意外とおいしい！

あしたのことでわくわくしているせいか、ごはんがいつもよりずっとおいしく感じられました。

夕食のあとは、お手つだい。ママがあらった食器を、ピュアがき

ちんとふきます。それから、ピュアは自分のなわとびをひっぱりだしてきて、ママをさそいました。なわのかたはしを家のドアノブにむすびつけ、もうかたはしをママがもって、まわします。

とびながら、ピュアはつい、サルビアがつくったなわとび歌をうたってしまいました。

「すてきな歌。どこでおぼえたの？」とママ。

「あ、えっと、新しい友だちがうたってたの。その、学校でね」

それをきいたママが、ぱっと笑顔になりました。

「ピュアが学校になじんできたみたいで、ママうれしい！」

そういって、にこにこしながら、なわをどんどんはやくまわしはじめます。ピュアはおかしくなって、わらいながら、それでもがん

ばってとびつづけました。

「もう、ママったら、ストップ！」

口ではそんなことをいいましたが、ほんとうはやめたくありません。ずっととんでいたい気分です。

と同時に、ピュアは小さなかくしごとをしていることに、うしろめたさを感じました。たとえ、つみのないかくしごとだとしても、ママにほんとうのことを話せていません。ピュアの心はちくりといたみました。

前にいちど、ピュアは妖精と友だちになったことをママにうちあけたことがあります。でも、たいていの大人とおなじで、妖精の存在をしんじていないママには、そのすがたが見えません。だから、

どんなにほんとうだといっても、「ピュアはお話をつくるのが上手ね」と、ママはしんじてくれませんでした。

なわとびでたっぷりあそんだあと、ピュアはおふろに入って、いつものように本を読み、すぐにベッドにもぐりこみました。ところがあしたのことが楽しみで、ねむれません。

けっきょく、またおきあがって、ベッドのよこのカーテンのすきまから外を見ました。くらやみに目をこらすと、オークの木の下の妖精ハウスがどうにか見えます。妖精のナイトライトが、ぼんやりと光っています。

小さなまどのおくでは、妖精たちもベッドにもぐりこんでいるはずです。そこまでは見えませんが、それでもピュアは、ブルーベル

がまだおきていると感じていました。ブルーベルも、野原をじっと見つめ、わくわくしているにちがいありません。

あしたはすてきな一日になりそう、と思って。

第2章

入れかわったふたり

つぎの日の朝、ピュアはいつものようにママに「いってきます」といって家をでました。玄関で見おくるママは、ピュアの心臓がドキドキしていることに気づきません。
まさか……四人の妖精といっしょに学校に行けるなんて！
みんなはピュアのかたのあたりをとんでいました。日の光を受けて四人の羽がキラキラしています。きょうという、とくべつな日への期待から、四人の瞳もかがやいています。
いよいよ学校まであと少し、というところ

で、妖精たちはピュアがかたからかけているスクールバッグのポケットににげこみ、顔だけだしました。

校庭では、走っている男の子たちのそばで、女の子たちが大なわとびをしてあそんでいます。

それを見たブルーベルが、さけびました。

「人間の大きさになったら、うちも大なわとびをしてみたい！ 妖精の大なわとびより、ずっとおもしろそうだもん！」

「なわとびをするひまなんて、ないわよ」とサルビア。

どうやら、人間に変身することになったブルーベルに、まだやきもちをやいているみたいです。ピュアはこっそりいのりました。

ふたりがけんかして、せっかくの一日がだいなしになりませんよ

うに……！
学校につくと、ピュアはいそいでロッカールームへ行きました。ブルーベルと入れかわるためです。
もうすぐ授業がはじまる時間なので、ロッカールームにはだれもいません。
ピュアはさっそく制服のネクタイをはずして、かべのフックにさっとかけました。それから、スクールバッグをベンチにおろします。すると、

妖精たちがバッグのポケットからふわりとでてきました。

あー、どうしよう。きんちょうする～！

ピュアはおなかのなかがひっくりかえりそうな感じがしました。おまけに、足に力が入りません。

ブルーベルはというと、顔をしかめていました。どうやら、きんちょうしすぎて気持ちがわるくなったようです。

ピュアはしゃがんでブルーベルの顔をのぞきこむと、だいじょうぶだよ！　という気持ちをこめて、にこっとしました。ようやくブルーベルも笑顔になります。

いよいよスノードロップが、スカートのあいだからフェアリーパウダーのびんをとりだしました。あとは、うちあわせどおりにやる

だけです。

ピュアとブルーベルが手をだします。スノードロップがそれぞれの手にフェアリーパウダーを少しずつかけます。

ピュアとブルーベルは、おたがいのてのひらをくっつけて、ぎゅっと目をつぶりました。

つぎのしゅんかん、ふたりの体のなかを、ビリビリッといなずまが走ります。

つづいて、ボン！　という大きな音！

ピュアはおそるおそる目をあけて、立ちあがりました。よこにいるスノードロップと自分の体が、おなじ大きさになっています。うれしくて思わず、くるんとまわると、せなかの羽がパタパタうごき

ました。

「わあ、羽がある！　ちゃんとうごいてる！　わたし、ほんものの妖精になったんだね！」

「それに、うちは、ほんものの人間の女の子になったよ！」

上から声がふってきて、ピュアは顔をあげました。すると、どうでしょう。人間の大きさになったブルーベルがそびえたっていたのです。ピュアの背は、ブルーベルのくるぶしにやっととどくだけ。

ピュアはにこにこしました。けれども、ゆっくりよろこびあっているひまはありません。もうすぐ授業がはじまってしまいます。

いそがなくちゃ！

ピュアはさっそく、とんでみることにしました。

でも、とび方をならってないから、むりかな……？

そんなしんぱいはいりませんでした。妖精になったピュアにとって、とぶことは、テーブルにおいてあるコップを手にとるのとおなじくらい、あたりまえのことだったのです。

とびたい、と頭のなかで思うだけで、羽がかってにうごきだし、体がふわりと宙にうかびました。

「すごい！」

ただ、足がゆかから数センチはなれただけで、こわいという気持

ちがふくれあがります。ピュアはためいきをつきました。

あーあ、このちょうしじゃ、みんなみたいに、オニごっこや宙返りのわざができるようになるまで、時間がかかりそう。

リリリリリ！

とつぜん学校のベルがなって、妖精たちがびくっとしました。スノードロップは思いきり顔をしかめて、両手で耳をふさいでいます。

ピュアはブルーベルに教えてあげました。

「今のベルは、もうすぐ一時間目がはじまりますっていう合図なの。だから、いそごう！　ちこくしちゃうよ！」

ところが、ブルーベルは口をとがらせていいました。

「うちは、こんなうるさくてかってなベルのいうことなんか、きく

気はないから！」

それから、ドン！　と足をふみならします。

音にびっくりしたピュアとほかの三人が、ぱっととびのきました。

「ちょっと、気をつけてよ、ブルーベル！」

デイジーがさけびます。

「そっか、ごめんね。自分が大きくなったってことを、わすれてた。とにかく、このうるさいベルに頭にきちゃっただけ。うちになにかしてほしいなら、ちゃんと目の前に来て、『やってください』っておねがいしないと！」

ピュアはこまってしまいました。

「あのね、ブルーベル、学校でのすごし方をいろいろおぼえなきゃ。

ベルがなったら、時間におくれないようにいそがないと。まわりにとけこんで、かっかしないようにがんばるっていったでしょ」

「だいじょうぶだってば。うちはちゃーんとうまくやる。ほかの子たちとちがうなんて、だれも思いもしないよ」

ブルーベルはそういうと、フックにかかっていたピュアのネクタイをさっととって、ほこらしげに首にむすびました。

ピュアはブルーベルに、「ネクタイまがってるよ」というのはやめておきました。人間の学校に来たことでワクワクをおさえきれないという、ブルーベルの気持ちが、よくわかったからです。せっかくのすてきな一日を、だいなしにするようなことはいいたくありません。

三人の妖精たちがスクールバッグのポケットにぴょんととびこんで、さいごにピュアが入るのを手つだってくれました。

ブルーベルがいいました。

「みんな、じゅんびはいい？　じゃあ、しゅっぱーつ！」

それからいきおいよくバッグをふりあげて、かたにかけたので、ピュアたちは「きゃーっ！」とさけびました。ジェットコースターみたいです。

バッグのポケットから顔をだすピュアのいうとおりに、ブルーベルはろうかを進んでいきました。五人とも、期待にむねがふくらむばかりです。そしてついに、教室の前にたどりつきました。

「がんばって！」

ピュアは思わず声をかけました。
ブルーベルがありがとう、という気持ちをこめて、にっと笑顔をむけてきます。

そのあと、ピュアたちはバッグのポケットのなかに頭をさっとひっこめました。妖精をしんじているクラスのだれかにすがたを見られては、たいへんです。

ピュアたちがしっかりかくれたのを見て、ブルーベルは大きく深呼吸をしました。それから、むねの前で手をにぎりあわせ、うまくいきますように、といのります。

ブルーベルは教室のドアをあけました。

第3章 転校生がやってきた！

担任のボースウィック先生は、元気な女の先生です。頭は白髪まじりのボブヘアー。だぼっとしたオレンジ色のシャツに、毛玉だらけのレギンスというかっこうがトレードマークです。教師を長年つとめてきたので、たいていのことにはおどろかないのですが、その先生でさえ、この日はちょっとびっくりしました。

なにしろ、髪は水色、服はつやつやの大きな花びらを合わせたようなショートパンツに、ひんまがった制服のネクタイ、というすがたの女の子が教室のドアをあけて、つかつか入ってきたのです。

先生は、見たことのないその子に、やさしく声をかけました。

「こんにちは。なにかご用？」

ブルーベルは先生にせつめいしました。

「うちは、えっと、転校生！　きょうはピュアのかわりに一日、この学校に来たんだ。ピュアは、うちの学校に行ってるよ」

先生が、うたがわしそうにブルーベルを見ます。

そこで、スノードロップがフェアリーパウダーをてのひらにちょっぴりふりだすと、バッグのポケットから顔をだして、ふーっと教室じゅうにとばしました。すると、教室にいた全員が、すぐにブルーベルのいうことをしんじたのです。

先生は、とんできたフェアリーパウダーに目をぱちぱちさせながら、いいました。

「ようこそ、ブルーベル。ピュアの席にすわってね。それから、ピュアのとなりの席のクロエは、おなかがいたくてお休みなの。だから、となりの席もあいているわよ」

それをきいたとたん、ブルーベルはクロエの席にとびつくようにすわりました。そこはまどぎわで、今はちょうど、まどが大きくひらいています。おかげで、六月の気持ちのいいそよ風が入ってくるのです。

ブルーベルは算数の教科書をだすと、まどわくに立てかけました。

すると、スクールバッグのなかにかくれていた三人の妖精たちが、

うれしそうにとびだして、教科書のうしろにかくれました。

ピュアは思いだしました。

そっか、妖精たちって、とじこめられるのが大きらいなんだっけ！

ピュアが妖精ハウスを自分の家にもちこんだとき、四人はいやがって、大さわぎしたのでした。

さて、ティファニーがどの子なのか、ブルーベルにはすぐにわかりました。さっそく、いじわるなことをいいだしたからです。

「先生、その子だけ、スクールバッグを教室にもってくるなんて、ずるいでーす。みんなはちゃんとロッカーにおいてるのに」

ブルーベルは、いじわるをいった子の顔を見ようと、くるりとふりむきました。

茶色いくせっ毛の女の子が、顔を赤くして、ブルーベルをにらんでいます。

「ティファニー、ブルーベルはこのクラスに一日だけ来たお客さまなのよ。学校によって、やり方がちがうことだってあるでしょう？」

先生がそういって、やさしくブルーベルにほほえみかけました。

やっぱりあの子がティファニーなんだ、と思いながら、ブルーベルはうなずきました。

「そうだよ、先生。うちらの学校じゃ、持ち物はぜんぶ、自分のつくえにおいとくんだよ。学校に来るとき、重い教科書の入ったスクールバッグをもってとぶのって、たいへんだもん。羽がかたっぽ、バッグにひっかかったりしたら、まっさかさまにおっこっちゃうしね！」

先生がにこにこしました。

「楽しい空想ね。ピュアも、お話をつくるのがとくいなのよ」

「えっと、先生、今のは空想じゃないよ。ほんとのこと」

先生は、ちょっとこまった顔になりました。

「すわりなさい、ブルーベル。授業をはじめましょう」

先生の言い方は、さっきより少しきびしくなっていました。

ところがティファニーは、まだ授業がはじまってほしくないうえに、もうちょっとブルーベルにいじわるをいってやりたいと思ったのです。

「先生、この子、髪が水色でーす！　髪をそめちゃいけないのに、おかしいと思いまーす！」

かっとなったブルーベルは、ぱっと立ちあがりました。それから、ダッシュでティファニーの席まで行くと、どなりました。

「そめたんじゃないもん！　さいしょからこの色だもん！」

すると、ティファニーがにやにやしながら、歌をうたうみたいに、はやしたてました。

「ウソ・ウソ・ウソつき！　おしりに火がつくぞ！」

「ブルーベル、すぐにすわりなさい」

先生の声は、いつもの明るい感じがきえて、すっかりきびしくなっています。

ブルーベルはドスドス音をたてながら、もとの席にしかたなくもどりました。ただ、とちゅうでがまんできず、くるりとふりかえって、ティファニーにべーっと舌をつきだしました。

ピュアは、算数の教科書から顔をだして、そのようすを見ていました。顔をだしたといっても、スノードロップがグラフ用紙に目のところだけ穴をあけてわたしてくれたので、それを顔にあてて、まわりに気づかれないようにしています。

席(せき)についたブルーベルに、ピュアはあわててヒソヒソいいました。

「ブルーベル、やめて！　ティファニーと友(とも)だちになるんでしょ！」

すると、ブルーベルも小声(こごえ)でかえしました。

「あ、そっか。ごめん。あっちがあんまりいじわるだから、頭(あたま)にきちゃって」

「気持(きも)ちはすごくわかるけど、ティファニーがいじわるしても、おこら

ないって、ブルーベルが自分からやくそくしたんだよ」

ピュアは、しっかりブルーベルにいいふくめると、まどわくに立てかけてある教科書のうしろにまたひっこみました。

そのあと、ブルーベルは全校集会のために、クラスのみんなと教室をでていきました。教室にいるのは、ピュアたち四人だけ。

「ピュア、今なら思いっきりとべます！」

スノードロップがウインクして、教科書のうしろからぱっととびたちました。ピュアにとっては、からっぽの教室でとぶれんしゅうをするチャンスです！

さっそくデイジーが先生になって、レッスンをはじめました。

まずは、ぴょーんと高くとびあがって、少しだけ空中にとどまる

れんしゅう。ピュアは何度もやってみるうちに、だんだん長く空中にいられるようになりました。

つぎに、つくえからつくえまで、とんでみます。サルビアに手をにぎってもらいながら二ど、三ど、とぶのをくりかえすと……ついにはひとりでできるようになったのです。

まもなく、ピュアは教室じゅうをとびまわっていました。それだけではありません。ほかの三人といっしょに、空中で宙返りや側転も大せいこう！

ピュアの心はまいあがりました。

「サイコーの気分！」

そのとき、ピアノの音がきこえてきました。全校集会のさいごに、

みんなでうたう歌の伴奏です。つづいて、歌がはじまったのですが……めちゃくちゃな歌詞を、めちゃくちゃな音程でうたっている声がまじってきこえました。だれかがひとりだけ、大声で、てきとうな歌をうたっています。

ピュアたちは、はっとして顔を見あわせました。

「ブルーベル！」

ピュアは頭をかかえました。

「知らない歌なら、もうちょっと小さい声でうたえばいいのに。あれじゃあ、ふざけてるって思われそう……」

ブルーベルには、まわりにとけこむように、がんばってもらわないと。このままじゃ、ぜったい、ティファニーと友だちになんてな

れないよ！

少し、して、教室にみんながもどってきました。ピュアと妖精たちはまた、まどわくに立てかけてある算数の教科書のうしろにかくれました。

一時間目は家庭科の授業。クラスのみんながつくえをうしろによせて、教室の前のゆかにすわります。ピュアたちは、こっそり教科書から小さな顔をのぞかせて、ブルーベルをさがしました。ところがいつのまにかブルーベルはすぐそばにいて、四人におおいかぶさるように、まどから身をのりだし、深呼吸をはじめたのです。

四人はあわてて教科書のうしろにひっこみました。

ピュアはいそいで声をかけました。

「ブルーベル！　かってに歩きまわったりしちゃ、だめ——」

けれどもまにあいません。ティファニーが教室の前のほうから、さけびました。

「先生ー！　また、あの子がへんなことしてまーす！」

ほかの子たちもふりかえります。大きくスーハー深呼吸している
ブルーベルを見て、男の子も女の子もわらいだしました。

「ブルーベル、すぐにこっちに来て、すわりなさい！」

先生がいいました。

「でも、うち、しんせんな空気をすいたかっただけなのに」

そうはいったものの、さすがのブルーベルもはずかしかったようです。まっ赤になって前にもどり、みんなといっしょにすわりました。

先生が大きく息をすって、ふーっとはきだしました。ピュアのママもよく、気持ちをおちつけるときにやるやつです。

「さて、みなさん、きょうは健康と食事についてべんきょうしましょう。そうね、まずは、どんな食べ物がすき？」

何人かが手をあげました。ところが、先生がだれかをあてる前に、ブルーベルがかってに、元気よくこたえてしまいました。

「先生、うち、すきな食べ物なんて、ないよ！　だって、なにも食べないもん。うちは愛とわらいを栄養にして生きてるんだ」

またみんながわらいました。ブルーベルはどうしてわらわれているのか、わからず、目を丸くしています。

先生がこわい顔をして、ブルーベルにいいました。

「発言をしたいときは、手をあげなくちゃだめでしょう？　それに、今はつくり話をする時間ではありません」

「でも、つくり話じゃないもん。ほんとのことだもん！」

このときブルーベルのなかで、「ひどいよ。どうしてしんじてくれないの？」という気持ちがどんどんふくらんでしまったのでしょう。それからは、授業でひと言もしゃべらなくなりました。自分が学校になにをしにきたのかも、わすれてしまったようです。ティファニーに、わらいかけようともしません。

算数の教科書のむこうからようすを見ながら、しんぱいになったピュアは顔をしかめました。

だいじょうぶかな、ブルーベル。これじゃあ、うまくいきっこない！

「あたしだったら、ブルーベルよりずっとうまくできたわ」

サルビアが小さな声でぼそっといいました。

「わたしは、自分じゃなくてよかった、と思うだけ」

そういって、スノードロップがぶるっと身ぶるいします。

「やっぱり、ブルーベルに入れかわりはむりだって、いいきかせればよかった」とデイジー。

けれども、ピュアはみんなにいいました。

「ううん。これは、わたしのせい。ブルーベルにもっと人間の世界のことを教えておいてあげればよかったの。学校でどうすごせばいいかってこともね」

休み時間になりました。ブルーベルはひとりぼっちで、とぼとぼと校庭にでていきました。だれもいないすみっこのベンチまで行って、ぽつんとすわります。

ピュアは、まわりに人がいないことをたしかめてから、デイジー、サルビア、スノードロップといっしょに、ブルーベルのもとまでとんでいきました。そして、三人がベンチのまわりでオニごっこをしてとびまわっているあいだ、ピュアはブルーベルのかたにすわって、学校でのすごし方を教えはじめました。ブルーベルのためにとくべつなレッスンをすることで、友だちをはげましたかったのです。

「発言したいときは、手をあげるの。さわぐのは禁止。それと、質問にこたえるときは、人間らしいこたえをいってね。妖精のこたえをいったらだめ。あと、いちばんだいじなのは……かってに、まどから頭をださないこと！」

さいごのことばは、半分ジョークのつもりでいいました。ブルーベルをわらわせようとしたのです。ところが、ピュアの思うようにはいきませんでした。

「でも、うち、ものすごくがんばってるんだよ！　なのに、なんだか、おかしなことになっちゃって……。ティファニーはもう、うちがへんな子だって思ってるから、こんなんじゃ、話しかけてくれないよ！」

そういうと、ブルーベルはむすーっとふてくされてしまいました。

それを見たデイジーがすかさずとびきりのジョークをふたついい、サルビアが元気な妖精の歌をうたいます。するとほんのすこし、ブルーベルは気をとりなおしました。

「じゃあ、またがんばる」

うれしいことに、休み時間のあとはダンスの授業でした。音楽に合わせたいろんなうごきを習います。フェアリーランドでも、おなじ授業がありました。まあ、せいかくには、「ほとんどおなじ授業」です。妖精は人間とちがって、とびますから。

クラスのみんなは着がえるためにロッカールームへ行きましたが、ブルーベルはよくわからなかったので、体育館にむかいました。

ボースウィック先生がそれに気づいて、「体育着はもってきた？」

とたずねます。

ブルーベルは目をぱちくり。

「体育着ってなに？　きいたことないよ。とにかくうちは、このブルーのショートパンツのままでいる。だって、これ、いちどもぬいだことないんだもん！」

先生は、ため息をつきました。

「ブルーベル、ウソは、よくないわね」

もちろん、ブルーベルはまた「ほんとのことだもん」といいましたが、しんじてもらえませんでした。

体育館の上のまどからブルーベルを見ていたピュアは、ふーっと

ため息をつきました。

さっきのレッスンが、ちっともやくにたってないなあ。

ところがダンスの授業がはじまると、ブルーベルにたいする先生の見方は、すぐにかわりました。

クラスのみんなが音楽に合わせておどりはじめると、ブルーベルはリズムよく、まるでとんでいるかのように、かるがると体をうごかしたのです。片足をあげてバレリーナみたいにくるんとまわったり、ステップをふんでおどったり、その場でくるくる連続スピンをしたり、ペアになってやってみたり……！　つぎつぎといろんなダンスをしてみせました。

先生が「ブルーベル、すばらしいわ！」と何度も声をかけます。

そのころには、ピュアたちはみんな、まどから体育館のなかに入って、カーテンのうしろにかくれていました。

先生がブルーベルをほめるのがきこえたとき、ピュアはかえってあせりました。

うわあ、きっとブルーベルは、「妖精の学校で教わったの！」って先生にいっちゃう……！

けれど、先生がまた「ブルーベル、今の、よかったわよ！」とほめたとき、ブルーベルは……「先生、ありがとう！」とかえしました。

ピュアは、ほうっと息をはきだしました。

よかった。やっとブルーベルも、人間の学校のやり方になれてきたのかも！

授業はつづいていました。ピュアと妖精たちは、カーテンのうしろからようすを見ているうちに、だんだんブルーベルがうらやましくなってていました。足がつい、うごいてしまいます。

「わたしたちもいっしょにおどれたらよかったのに」とスノードロップ。

「ほんと。あたし、ダンスはだいすき！　あ、ほら、今ブルーベルったら、リズムがひとつずれたわ。あたしのほうがずっとうまくできるのに」とサルビア。

「サルビア、いくらうらやましいからって、そんないじわるいわないの。わたしたち友だちなんだから、ブルーベルが楽しそうなのをよろこんであげなくちゃね！」とデイジー。

けれども、ピュアには、そういうデイジーの気持ちがいたいほどわかりました。デイジーだって、ほんとうはダンスの授業に参加したいにちがいありません。

なのに、ブルーベルのことを第一に考えて、デイジーってほんと、やさしいなあ。

そのとき、ふとピュアは思いだしました。

そうだった。ティファニーに近づかなきゃ！　みんなで学校に来たのはそのためだもんね。

そこで、ブルーベルがクラスの子とペアをくんで、おどりながらまどのほうに来たとき、こそっと声をかけました。

「ブルーベル、ティファニーとペアをくんでみて！」

ピュアのことばをきいたブルーベルはウインクをして、にっとわらいました。

つぎのしゅんかん、ブルーベルは自分とペアになっていた子の手を、いきなりぱっとはなしました。そして、体育館のなかをつっきっていくと、なにもいわずに、ティファニーとペアになっている子のあいだにわりこんだのです。ブルーベルはティファニーの手をとり、

「うちとペアになろ！」といって、わらいかけました。

ピュアはびっくりして、思わずひとりごとをいってしまいました。

「うわ、ちがうの！　そういうやり方じゃなくて……！」

先生もこの自分かってなやり方をいいとは思ってくれませんでした。それどころかブルーベルに「しばらく、反省していなさい！」

といいわたしました。

　ブルーベルはわけもわからず、体育館のはしっこにあるベンチにしょんぼりすわりました。すると、ティファニーがくるくるまわりながら、ちかづいてきます。そして、いじわるな顔で、ブルーベルにこうささやいたのです。

「あんたって、すっごくへん！　水色の髪なんてしちゃってさ。あたしにちかづかないでよ！」

　ティファニーにするどい目でにらまれて、ブルーベルは息をのみました。ひざの上においた手をかたくにぎりしめます。

　クラスのみんなが先生に新しいステップを教わっているすきに、ピュアたちはカーテンのうしろからでて、ブルーベルのひざにまい

おりました。
冗談っぽく「またしっぱい！」といおうとしたサルビアは、あわてて口をつぐみました。ブルーベルの目から大つぶのなみだがこぼれおちてきたからです。

「なにもかもがおかしくなっちゃった。うちはがんばったのに、ティファニーにもきらわれちゃって……。人間の学校って、思ってたより楽しくないんだね」

ピュアたちはみんなでブルーベルのこしのあたりをきゅっとだきしめました。だれかがこっちを見たら、ブルーベルがキラキラでふわふわのベルトをしているように見えたでしょう。

ピュアはやさしくいいました。

「しんぱいしないで。きっと、なんとかなるから」

授業のおわりをつげるベルがなると、ピュアたちはいそいでまどべにもどってかくれました。

クラスのみんなが一列にならびます。先生がいちばん前にたって、

全員でロッカールームへ行くのです。

ブルーベルも先生に声をかけられました。暗い気持ちでのろのろと立ちあがります。それから、列のいちばんさいごにつくために、歩きだしました。

第4章
ほんの少しの希望

昼食のあと、ブルーベルは校庭のはしまで行って、りっぱなブナの木の下にすわりました。ピュアたちも、すぐにとんでいきます。おどろいたことに、ブルーベルはすっかり元気をとりもどしていました。

ピュアたちは、うれしくなりました。もしかしたら、昼食のとき、ブルーベルはティファニーとなかよくなれたのかも……!?

デイジーがわくわくしながら、ききました。
「なにか、新しいことがわかったの?」
「うん、わかったの。それはね……人間の食

べ物って、ものすごーくおいしいってこと！　ああ、みんな、しんじられないだろうな。ゆめみたいな気分になるんだから！　マッシュポテトのチーズがけとやさいたっぷりのパイ！　食べると、口のなかでとろけて――」

「ねえ、ブルーベル、学校の食堂のメニューで、そんなに感動するなら、チョコレートアイスクリームなんて、もう、おいしくて気絶しちゃうよ！　ママの手づくりケーキに、あまーいマスカットも、おすすめ！」

ピュアが思わずいうと、サルビアがおこった顔をして、ぶんぶん首をふりました。赤い髪がいっしょにゆれます。

「妖精は人間の食べ物を食べないほうがいいって、教わってきたで

しょ。きっとすぐに気持ちわるくなっちゃうわ！」
ピュアは気がつきました。まだブルーベルにやきもちをやいてるんだ……！
ブルーベルがそっぽをむいてサルビアに、べーっと舌をつきだしました。またいつものふたりのけんかがはじまりそうです。

ピュアはあわてて話をそらしました。

「それで、ティファニーとはうまくいったの？」

すると、ブルーベルはかなしそうに首をふりました。

「ううん、だめ。ティファニーはべつのテーブルにすわってたの。それで、ごはんのあいだじゅう、うちをゆびさして、となりの子になにかヒソヒソいってた。おかげで、デザートのバナナカスタードが、なんだかおいしくなかった……」

ブルーベルの目に、みるみるなみだがたまっていきます。

ほかのみんなも、がっかりしました。スノードロップがつられて、なきだします。ピュアはかたに手をまわして、やさしくいいました。

「だいじょうぶ。なんとかなるから」

「でも、なんとかならなかったら？　あした、ブルドーザーが来てしまったら？　わたしたち、まだじゅんびができてないのに……。誕生石はひとつしか見つかってないし、誕生石をつかった魔法のかけ方もわかってない」

スノードロップのことばに、みんなもすっかり元気をなくしてしまいました。それは、だれもが心のそこで思っていたことだったのです。

長いちんもくのあと、サルビアが口をひらきました。

「オークの木を切りたおす計画をたてている人をつきとめられなくても、誕生石はあつめなくちゃ。女王さまにいわれたことだもの。手がかりがないか、いつだって目を光らせていないと！」

全員が、力づよくうなずきます。

「サルビア、ほんと、そうだよね！」

ピュアはいいました。今の状況がどんなにわるく思えても、前むきに考えるのは、だいじなことです。

そのとき、昼休みのおわりをつげるベルがなりました。

ピュアはブルーベルを見ました。ところが、ブルーベルはうごこうとしません。

「ブルーベル、教室にもどる時間だよ」

ところが、ブルーベルは地面をドン！　とふみならして、さけびました。

「やだ！　ティファニーは、うちがきらいなんだもん。このあとだっ

て、きっとひと言も口をきいてくれないよ。もう一秒だってティファニーといっしょにいたくない。先生にあれこれ注意されるのも、いや！」

「だいじょうぶ。つぎは図工の時間だから、ブルーベル、きっとうまくできるよ。びんのなかに入ったカラフルなビーズをつかうって、先生が前にいってた。楽しそうじゃない？」

ピュアはそういいながら、はっとしました。

ビーズ……？　もしかしたら、そこに……！

「ビーズって、とうめいでキラキラしてて、宝石みたいなの。もしかして、運がよければそのなかから――」

「――誕生石を見つけられるかも！」

サルビアがうれしそうに、話にわりこんでさけびました。

デイジーもうなずいて、いいます。

「うん、さがしてみよう！　ねえ、わたしたちが学校に来たのは、ティファニーから情報をききだしたかったからだけど、もしかしたら、女王さまがしむけたってことはない？　だって女王さまはふしぎな力をおもちだから……。わたしたちを誕生石へみちびくために、その力をおつかいになることは、じゅうぶんあると思うの！」

女王さまがせなかをおしてくださっているのかも、と思ったとたん、みんなは元気をとりもどしました。

ブルーベルがぱっと立ちあがります。

「わかった。ティファニーとなかよくなるのはしっぱいしたけど、

それなら、うち、図工の時間に誕生石をさがしてみる！」

「がんばってね！」

みんなが声をそろえていいます。ブルーベルは元気よく、校庭を歩きだしました。

「人間らしくすること、わすれないでね！」

ピュアが声をかけると、ブルーベルがふりむいて、にっと笑顔になりました。

「だいじょうぶ。ちゃーんとここに入ってるから！」

そういって、ブルーベルは自分の頭をぽんとたたきました。

「ほんとにそうだといいけど……」

ピュアは思わずつぶやきました。

ブルーベルが教室にもどったあと、校庭にはだれもいなくなり、ピュアと妖精たちだけになりました。

「さ、こんどはピュアが妖精らしくする番だね！」

デイジーがいたずらっぽくウインクすると、びゅんと空へとびたちました。

「うん！」

ピュアもまけずに、羽をふるわせます。

みんなで宙返りをしたり、スピンをしたりと、思いきりとびまわりながら、ピュアは心のなかでさけびました。

やっぱりとぶのってサイコー！　どんな気分のときも、とんでると、ぜんぶわすれちゃう！

サルビアがピュアに、おもしろいわざを見せてくれました。ほそい木の枝までふわっととびあがって半分宙返りをして、そのままひざをひっかけ、さかさにぶらさがります。

ピュアもほかのふたりも、さっそくまねて、いっしょにぶらさがりました。四人で足だけでぶらさがってさかさまになっていると、まるで体操チームみたいです。

　そのあとは、オニごっこ！　空中でのおいかけっこは、スピード満点です。

　むちゅうになってとんでいたピュアでしたが、とつぜんはっとして、とぶのをやめました。

「いっけない！　楽しすぎて、だいじなことわすれそうだった。ねえ、みんな、ブルーベルが図工の授業をうまくやっているか、見にいかないと！」

　四人はピュアを先頭にして、いそいで校庭を進んでいきました。

　とはいっても、ピュアはとびながら、つい、おぼえたての宙返りをためしてしまいましたけど。

まもなく、図工室のまどの前にやってきました。

デイジーとサルビアとスノードロップは、ゆうがにふわりとまどわくに着地しました。ところがピュアはいきおいあまって、まどガラスにドッシーン！　地面におちてしまったのです。

あわてて、三人がとんできて、ピュアを助けおこしてくれました。

スノードロップがクスクスわらいながら、いいました。

「先にいわなくて、ごめんなさい。着地には、少しれんしゅうがいるんです」

ピュアは、ちょっとてれわらいをしながら、服からほこりをパタパタはらいました。それから、四人でいっしょに注意ぶかくとびたつと、こんどはまどわくにしっかり着地して、あいているまどから

なかに入りました。

図工室では、作品づくりがはじまっていました。みんな下をむき、熱心に手をうごかしています。たまに、小さなヒソヒソ声だけが、きこえます。

ピュアたちは、あたりを見まわしました。

はやくかくれなくちゃ。

なにしろ四人はまず、妖精をしんじている子にすがたを見られないようにしないといけないのですから。

第5章
誕生石はどこ？

ピュアと三人の妖精たちは、図工室のゆかにさっととびおりると、かべぞいにあるいて流しにたどりつきました。流しには、絵の具のついたパレットが、山づみにおかれていたので、ピュアたちはそのパレットの山のかげにかくれました。そこなら、カラフルな四人がいても、めだちません。

ブルーベルはというと、きちんと席についていて、となりのやさしそうな女の子とたまにしゃべりながら（もちろん、あいてはティファニーではありません）、楽しそうにひもにビー

ズをとおしていました。

図工室では、生徒は班ごとにひとつのテーブルにすわることになっていました。どのテーブルにも、ビーズがいっぱいつまったとうめいのびんがいくつかおいてあり、みんなはそこから思い思いのビーズをえらんでいます。

ネックレスをつくっている子もいれば、剣のもち手やねんどのコップにビーズをはりつけている子もいます。厚紙にビーズをならべてはって、きれいなもようをつくっている子もいます。

ピュアは妖精たちに小声でいいました。

「あんなにたくさんビーズがあるなら、ほんとに誕生石が見つかるかもしれないね！　アメジストとかトパーズとか……運がよければ

パールがまざってるかも！」

　ふと見ると、ブルーベルはネックレスをつくりながらも、ときどきいすからのびあがって、テーブルの上のびんをのぞきこんでいました。誕生石がないか、さがしているにちがいありません。

　ピュアは、ひやひやしてきました。

　うわ～、ブルーベルったら、ちゃんと人間らしくふるまうことをわすれないでいるといいんだけど……！　気づかずに、まずいことをしちゃって、先生に「図工室からでていきなさい！」なんていわれたら、誕生石さがしができなくなっちゃう。

　そのとき、サルビアがいいました。

「わあ、ブルーベルがつくってるネックレス、すごくきれい。こん

なのずるい。あたしだって、つくりたいわ！」

「わたしもです……」

ざんねんそうに、スノードロップもいいます。

それから、ふたりが流しのなかから何度も手をふったので、ようやくブルーベルに気づいてもらえました。

するとブルーベルがとつぜん、先生の前までつかつか歩いていったかと思うと、すっと手をあげました。

ピュアはこそっとつぶやきました。

「うーん。手のあげ方はヘンだけど、『手をあげてから発言する』というきまりは、ブルーベルにもわかったみたい」

「ブルーベル、なんですか？」

先生がやさしくほほえんで、きいてくれました。

「先生、手をあらってきていいですか？」

とてもていねいなたずね方です。

「もちろん、いいわよ」

先生もやっと、ブルーベルにむかって、うれしそうな顔をしてくれました。

ブルーベルが流しまでやってきたので、

デイジーが小声でききました。

「誕生石は見つかりそう？」

「うん！　みんなが来る前に、うち、先生にきいてみたんだ。『ビーズはなにでできてるの？』って。そしたら、『ほとんどは、プラスチックよ。あと、こわれたネックレスについていた石もまじってるわ』だって。あとね、『たしか、トパーズもあったと思うわ』だって！　ねえ、トパーズってたしか――」

「――十一月の誕生石です！」とスノードロップ。

ピュアもいいました。

「ブルーベル、おてがらだよ！　このままさがしつづけてね。あまり時間がないから」

ブルーベルはうなずくと、いそいで席にもどりました。それから、自分のテーブルにおかれているビーズのびんをのぞいて、また誕生石をさがしはじめました。けれどもやっぱり、見つかりません。

ネックレスづくりもしないといけないので、ブルーベルは大いそがしです。誕生石をさがしてばかりいると、先生になんだかおかしいと気づかれてしまいますから。

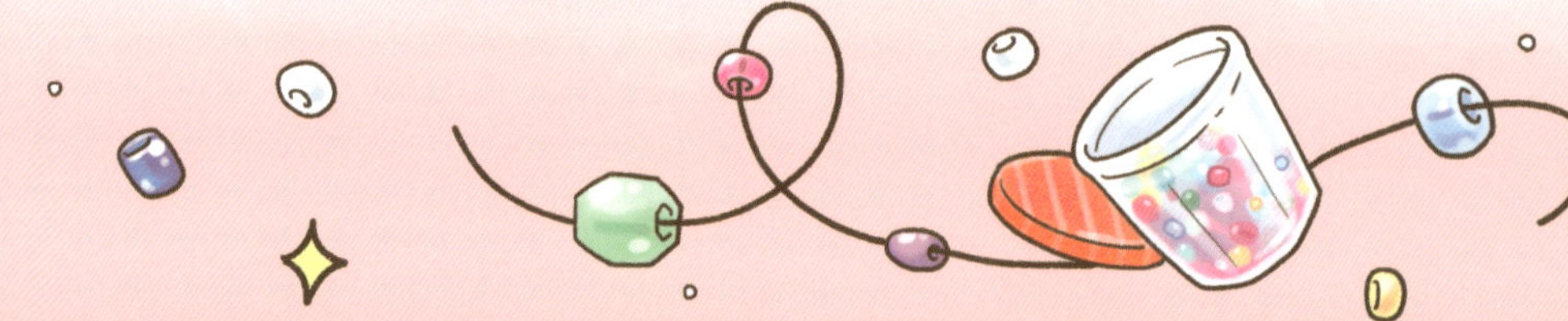

手つだってあげられたらなあ、とピュアは思いました。けれども、図工室にはおおぜい人がいるので、すがたを見られないようにしなければなりません。かべにかかっている時計を見ると、授業がおわるまであと十分。

ブルーベルはほかのテーブルにも行って、ビーズのびんをつぎつぎにのぞいていきました。なのにやっぱり、誕生石は見つかりません。

デイジーが声をひそめて、いいました。

「ブルーベル、いそいで！　もう時間がないの！」

けれども、まわりの子たちの声にかきけされて、デイジーのことばはブルーベルにとどきません。

サルビアがくやしそうにいいました。

「あたしなら、誕生石を見つけられたのに。こんなのってない！　ブルーベルばっかりいろんなことをやらせてもらって、しかも、どれもちゃんとできないなんて」

そのとき、図工室のなかをゆっくり歩きながらみんなの作品を見てまわっていた先生が、とつぜんブルーベルのうしろで足を止めました。

「ちょっと、それをかしてもらっていい？」

ブルーベルは、はっとして、とにかくうなずきました。先生がブルーベルのネックレスを手にとって、高くかかげます。それから、クラスのみんなにむかっていいました。

「はい、みんな、作業をやめて、注目。これは、ブルーベルがつくったネックレスです。とてもすてきな色の組み合わせね。それにビーズを三こ、ひもにとおしてからむすびめをつくる、というのをくりかえすことで、きれいなもようができています。ほんとうにすばらしい作品です！」

クラスのみんなから「すごいね」「すてき！」という声がいくつもあがりました。

ブルーベル特製
ネックレスのつくりかた
ジャーン！
キメ☆
★アレンジ★
長くすると、おちついた感じに。
短くすると、元気な感じになるよ。
おそろいのビーズで
ブレスレットやリング、
ブローチをつくるのも◎
★アレンジ★
半分ほど
ゴムひもをのこすと、
チョーカーになるよ♥
★ポイント★
すきなところに
アクセントになる
色をON！
★ポイント★
さいごはゴムひもを
長めにのこして
ビーズのなかに
入れこむとキレイ。
やったネ♥　先生にほめられちゃった！
うちがつくったのは、こんなネックレスだよ。
かんたんだけど、かわいいでしょ？
みんなもつくってみて！
うれしいな♪
★ 用意するもの ★
・ビーズ4色
・ゴムひも
・はさみ
★ つくりかた ★
1 ゴムひもにむすびめをつくり、ビーズを3つとおす。
2 ビーズをはさむように、むすびめをつくる。
こんな感じ →
3 1と2をくりかえして、すきな長さになったら
ゴムひもを切ってできあがり！
★こんな色の組み合わせもすてき！★
…… さわやかなトリコロールカラー♪
…… ピンクとイエローでキュート！
…… 黒をはさんでおとなっぽく☆
…… レトロな色合わせにもチャレンジ！

先生は「ブルーベル、あなたには、物作りのセンスと才能があるわね」といって、ネックレスをそっとかえしてくれました。

ブルーベルは、ほめられたことがうれしくてたまりません。顔がまっ赤にほてっています。

「先生、ありがとう！」

そういって、思わずぴょんと立ちあがると、その場でくるんとまわりました。

ところが、ブルーベルにやきもちをやいていたサルビアは、このしゅんかん、ムシャクシャがばくはつしてしまったのでしょう。

びゅーんとブルーベルのテーブルまでとんでいくと、上においてあったビーズのびんをぜんぶたおしていったのです。おかげで、ビーズがそこらじゅうにとびちって、もうたいへん！

クラスのみんなが息をのみ、ブルーベルに目をむけました。

というのも、サルビアはものすごいスピードでびんをたおしたので、みんなには、ひとりだけびんのそばに立っていたブルーベルがたおしたようにしか（しかも、わざとやったようにしか）見えなかったからです。

ピュアは思わずぎゅっと目をつぶりました。

かわいそうなブルーベル。これじゃあまた、先生に注意されちゃう。せっかくネックレスをほめてもらったばっかりなのに。

ブルーベルがわざとビーズをまきちらしたと思った先生は、おこった顔でいいました。

「ブルーベル、どうしてこんなことをするの！　こんどというこんどは――」

けれども、ブルーベルはきいていませんでした。というのも、ビーズのびんをたおした犯人を見ていたのです。

ぱっと立ちあがると、両手をにぎりしめ、流しまでつかつか歩いていきました。クラスじゅうのみんながびっくりして、ブルーベルを見つめています。

「うちがさいごにうまくいったからって、どうしてこんなことするの！　やきもちやき！」

ブルーベルはサルビアにどなったのですが、クラスのみんなには、空気にむかってしゃべっているように見えました。

サルビアがベーっと舌をつきだして、パレットの山のかげに、さっとかくれます。

かっとなったブルーベルは、自分が大きくなっていることを、いっしゅんわすれてしまいました。流しにつまれたパレットの山に、とびこもうとしたのです。おかげで、いくつものパレットが、のこっていた絵の具といっしょにそこらじゅうにばらまかれました。

流しの外にとびだしたパレットのひとつに、サルビアがつかまっていました。そのままパレットといっしょにとんでいき、スツールの上においてあった絵のたばのなかに、ひょいとにげこみます。

「サルビア、でてきなよ！」

ブルーベルが、いらついて、足をドン！　とふみならしました。

みんなの目がブルーベルにそそがれています。ブルーベルが、ひとりでおかしなことをしているようにしか見えません。

そのとき、スノードロップが流しからさっとでて、部屋のむこうへとんでいきました。ピュアは「どこへ行くの？」ときこうとしましたが、そのときにはもう、かなり先へ行ってしまっていました。

ピュアにはそっちにかまっているひまなどありません。ブルーベルから、目がはなせなかったからです。ブルーベルは、スツールの上にあった絵のたばをひっつかむと、サルビアがいないかとさがして、一まいずつめくっては、ゆかにおとしていきました。

あいているまどから風が入ってきて、ゆかにおとされた絵がまいあがり、図工室じゅうにちらばります。

なのに、ブルーベルは気づいていません。きょろきょろあたりを見まわしながら、さけびました。
「でてきなよ、サルビア！　こんなにめちゃくちゃにして、うちをこまらせて、こうかいするからね！」
そうこうするうちに、スノードロップがもどってきました。と同時に、先生の

どなり声(ごえ)!

「ブルーベル、やめなさい! 今(いま)すぐに!」

あまりにも大(おお)きな声(こえ)だったので、ブルーベルはびくっとして、その場(ば)に立(た)ちつくしました。

先生(せんせい)がまっ赤(か)な顔(かお)をして、さらにいいます。

「ブルーベル、あなたにはがっかりです。すぐに絵(え)をぜんぶかたづけて、ビーズもひとつのこらずびんにもどしなさい。まったく、こんなひどいことをするなんて、しんじられないわ!」

ブルーベルはがっくりうなだれると、だまって絵(え)をひろいはじめました。うつむいた水色(みずいろ)の髪(かみ)のあいだから、ぽたりとなみだがおちるのを、ピュアは見(み)ていました。

授業（じゅぎょう）はもうおわりです。すぐに、クラスのほかの子（こ）たちも自分（じぶん）の席（せき）のかたづけをはじめたので、すかさずサルビアがかくれていたところからでてきて、また流（なが）しにとびこみました。

ピュアたちはサルビアをじーっと見（み）ました。

サルビアが、かなしそうにいいます。

「ブルーベルをこんなふうにこまらせるつもりはなかったの。ただ、やきもちをやいちゃっただけ。それで、がまんできなくなって……。ごめんなさい」

「あやまるなら、ブルーベルにいわないと……ね」

デイジーが、とがめるようにいいました。けれども、サルビアがあまりにもしょんぼりしているので、そのうちみんなはサルビアが

かわいそうになってしまいました。

「ブルーベル、ごめんね……」

サルビアがぽつりといいました。その声はブルーベルにはとどいていないようでした。

ブルーベルはひとりで絵をかたづけると、ビーズをひろいはじめました。一こずつ、注意ぶかく手にとっていきます。

けれどもすぐに先生が「さあ、いそいで」といいました。ブルーベルは、両手いっぱいにあつめたビーズを、びんにもどすしかありません。さいごまでひっしにしらべましたが、トパーズは見つかりませんでした。

ピュアはかなしい気持ちになりました。

これでもう、希望はなくなっちゃった……。

せっかく誕生石を見つける絶好のチャンスだったのに、それをうしなってしまったのです。

とうとう、先生が手をたたきました。

「みんなのつくった作品は、教室にかざります。ブルーベルはあしたから、もとの学校にもどるのよね？　ネックレスは記念にもちかえっていいことにしましょう」

そのとき、男の子が自分のつくった剣を自分のシャツのなかにかくそうとしました。

「その剣は、かざります」

先生がきっぱりいって、男の子から剣を受けとりました。

ブルーベルは、きれいなネックレスを首にかけました。けれども、ちっともうれしそうではありません。

かわいそうなブルーベル。

ピュアはため息をつきました。

せっかく勇気をだして人間になったのに……ほんとなら、きょうは楽しい一日になるはずだったのに……すっかりおかしなことになって……。ティファニーからは、なにもききだせなかったし、トパーズを見つけることもできなかった。

ほんと、ブルーベルには、サイアクな日になっちゃった。

第6章 フェアリー・レッスン

放課後、クラスのみんながつぎつぎと教室をでていくなか、ブルーベルはこっそり遠まわりをしてロッカールームへ行きました。かべぎわのベンチにどさっとすわりこみます。

先にまっていたピュアと妖精たちは、とんでいって、よこにすわりました。

「ほんとに……ごめん。うち、なにもかも、しっぱいしちゃった……」

ブルーベルが、なきながらいいました。

なんといっていいかわからず、ピュアはブルーベルを見つめるばかりです。

そのときとつぜん、ロッカールームのドアがさっとあきました。

ピュアたちはあわててブルーベルのショートパンツのかげにかくれます。

だれかが入ってきました。

それは、思ってもみなかった子。

なんと、ティファニーです！

いっしゅん、ブルーベルの顔がきんちょうでこわばりました。ティファニーにまたなにかいわれると思ったのです。けれどもすぐ、なにげない顔をして、フンという感じでききました。

「なんの用？」

すると、ティファニーがこたえました。

「あやまりに来(き)たんだ。ちょっといいすぎちゃったかなーと思(おも)って」

ブルーベルはびっくりして、目(め)を見(み)ひらきました。

「どういうこと？」

「うん……あのさ、あたしと友(とも)だちにならない？」

ティファニーはそういうと、ブルーベルのとなりにすわって、さらに話(はな)しだしました。

「だってブルーベルって、マジでいい

感じなんだもん。ほら、家庭科のとき、わざとへんなこといったよね？　愛とわらいとかいって、おっかしかったー！　水色の髪は『そめてない』ってウソつくし、歌は大きな声でへったくそにうたうし。いちばんおもしろかったのは、図工室をめちゃめちゃにしたとき！　あれはサイコーだった！」

「うち、べつにわざとじゃ――」

ブルーベルがいいかけたとき、ピュアはあわててブルーベルのせなかをトン！　と、おして合図しました。これはチャンスなのです。

ブルーベルもはっとして、いそいでいいなおしました。

「えっと、あ、うん。めちゃくちゃするのって、おもしろいよね」

「だよねー。でもあんたって、あの、きどったいい子ぶりっこのピュ

アなんかと、ほんとに友だちなわけ？」

　とたんに、ブルーベルがむっとして、両手をぎゅっとにぎりしめました。けれども、すぐに自分がなにをすべきか思いだし、にこっとして、こうこたえました。

「えっと、うちとピュアが入れかわったのは、先生がきめたことなんだ。それでうちがここに――このステキ、あ、えっと、このステキじゃない、めっちゃつまんない学校に来たってわけ。だから……だから……ピュアとは、会ったこともないんだよ！」

「なーんだ。そうだったんだ。ところでさ、学校にとんでいくっていってたけど、あれって、どこまでほんとなの？」

「あー、うん。それは――」

ブルーベルは人間らしいこたえをいおうと、ひっしに考えました。

「――うちのパパ、すっごくお金持ちなの。ヘリチョッパーをもってるから、うち、それにのせてもらうんだよ！」

うわ、ブルーベルったら、ことばをまちがえてるし、そもそも、ウソっぽいこたえ……！

ピュアはもうダメだ、と思いました。

ところが、ティファニーはすっかりしんじたようです。感心している声でいいました。

「なにそれ、ヘリコプターのこと？　へええ、けど、ふうん、マジですごいんだね」

チャンス！　とブルーベルは思いました。大きく息をすいこんで、

さらにいいます。

「あのさ、パパといえば、ティファニーのパパって、マックス・タウナーさんっていうんじゃない？　この町のはずれの住宅地をつくったえらい人だって、きいたことがある」

ブルーベル、そのちょうし！

ピュアたちは、ドキドキしながら顔を見あわせました。

ティファニーが、とくいげな顔になります。

「うん、それってあたしのお父さん。ほかにも家をたくさんたててんの。じゃまくさいオークの木がたってる荒れ地があるんだけど、そこにも、りーっぱなお屋敷をたてるんだって。あたしもブルドーザーにのってレバー引いたりしてみたいんだよねー。お父さんに

いったら、やらせてくれるかも。木が、ドサーン！　ってたおれるところを見てみたくってさ」

　ティファニーのおそろしいことばに、ブルーベルは思わず「はっ」息をのみましたが、あわてて「ははは」とごまかしました。

「あ、あのさ、その木をたおすのって、いつやるの？　うちもやってみたいなー、なんてね」

「さあ……。トップシークレットだっていってた。木を守りたいやつらがききつけたら、反対するだろうからって」

「そ、そっか、なるほどね」

「じゃ、あたし行かなくちゃ。これからお母さんが新しいワンピースを買ってくれるから。二着は買ってもらうつもり」

「あ、うん、わかった。うちもそうしようかな。でも、まずは、学校に来たときのかっこうにもどらないと。それじゃあね」

それは、ブルーベルができとうに考えていったことだったのですが、もちろん、ティファニーはブルーベルが妖精のすがたにもどるとは、思ってもいません。にこにこしながら、「またおいでよ！かんげいしてあげる！」というと、帰っていきました。

ロッカールームのドアがしまると、ピュアたちはブルーベルのひざの上にとびのりました。

スノードロップがさけびました。

「ブルーベル、すごいすごい！　おかげで、オークの木をたおそうとしているのは、やっぱりマックス・タウナーさんだってことが、

わかりましたね！」

「あとは、それがいつなのか、さぐるだけよ！」とサルビア。

「わたしたちみんな、ブルーベルのこと、見なおしちゃった！」とデイジー。

ブルーベルは、すっかり笑顔になりました。自分でも、自分のことをすごいと思います。

「でも……トパーズは見つからなかったね」

ブルーベルはふうっとため息をつきました。

「ううん、見つかったの」

スノードロップがぼそっといいました。とても小さな声だったので、だれも気づきません。そこでもう少し大きな声でいいました。

「見つかったの！」

やっとみんながふりむきました。ぽかんとスノードロップを見ています。

スノードロップはもじもじしながら、花びらのスカートのあいだに手を入れました。そして、とりだしたのは……

キラキラ光る茶色のビーズ！

デイジーとサルビアとピュアは、よろこびのあまり、わっとスノードロップにとびつきました。

「スノードロップ、すごいよ！」とブルーベル。

「でも、どうやって見つけたの？」

デイジーがききました。

「いつ？　どこで？」

サルビアもたずねます。

スノードロップがこたえました。

「ブルーベルがサルビアをつかまえようとしたとき、みんながそっちを見てたでしょう？　だからわたし、そのすきにとんでいって、あたりにちらばったビーズをしらべたんです」

ピュアは、にこっとしました。

「そっか、あのとき、とんでいったのは、そのためだったんだ！」

スノードロップがてれたようにほほえみながら、せつめいします。

「キラキラした茶色のビーズを見たとき、すぐにトパーズだってわ

かったの。見つけられたのは、けっきょく、ブルーベルとサルビアがけんかをしたおかげかも」

　すると、サルビアが急に早口でスノードロップにいいました。

「でも、あたしたち、ほんとにけんかしてたわけじゃないの。スノードロップがトパーズをさがすつもりなんだって、ぴんときたから、あんなことをしただけ」

　ブルーベルもいいました。

「うちだって、おこってるフリをしてただけ。そうやって、クラスのみんなの目をひきつけることで、スノードロップがトパーズをさがす時間をかせいだんだもん」

　それから、ブルーベルとサルビアは、大せいこう！　とばかりに

ハイタッチしました。

ピュアは、ちゃっかりしているふたりに、クスクスわらってしまいました。デイジーが、やれやれという顔をしています。

「はいはい、ブルーベルもサルビアも、おてがらだね。ほーんと、ふたりのいうとおり」

そこで、ピュアはみんなにいいました。

「ねえ、わたしたち、そろそろいそいでもとのすがたにもどらないと。校庭でママがまってるし」

きょうは学校にむかえにくるとママがいっていました。絵の仕事がいそがしくないときは、さんぽがてら、ピュアといっしょに歩くのがすきなのです。

もちろん、キラキラ光る妖精の羽がなくなってしまうことを思うと、ピュアはざんねんでなりませんでした。でも、ママをまたせたくはありません。

ブルーベルがベンチにねそべりました。スノードロップがピュアとブルーベルの手にフェアリーパウダーを少しずつかけます。ふたりはしっかりてのひらをくっつけて、目をぎゅっとつぶります。

ビリビリッといなずまが走り、ピュアはびくんととびあがってしまいました。妖精になるときとおなじ魔法なのでビリビリがくるとわかってはいても、どうもなれることができません。

つづいて、ボン！　という大きな音！

ピュアがおそるおそる目をあけると、体はもとの大きさにもどっ

ていました。思わず、手と足をふってみます。

よこでは、小さな妖精にもどったブルーベルが、羽をパタパタさせたあと、ぴょんぴょーん！　とうれしそうに、妖精らしいジャンプをしました。

「やっぱりもとのすがたがいちばん！」

ふたりが同時にいったので、みんながわらいました。

ふと、ピュアはブルーベルの首を見て、さけびました。

「やだ！　わたしのネクタイ、はずさなかったんだ！　ママになんてせつめいしたらいいの!?」

またみんながわらいました。すっかり小さくなったネクタイを、ブルーベルがピュアにわたします。ピュアは、かわいくなったネク

タイを見て、ま、いっか、と思い、ブレスレットのように手首にまいてむすびました。

それから、スクールバッグをもって、校庭へとかけだします。バッグのポケットには妖精たちがちゃんとかくれていました。

ママは校庭でさいごのひとりになっていました。ピュアはすぐに

ママの手をひっぱって歩きだしました。なにしろ、おなじクラスの子に見られて、「ちがう学校に行ってるはずなのに、ここでなにしてるんだろう？」なんて思われたら、たいへんです。

帰り道を歩きながら、ママがピュアに「きょうは学校でなにをしたの？」とたずねました。

ピュアは、いたずらっぽくにこっとわらって、こたえました。

「えっと、音楽に合わせてダンスしたよ。とんでるみたいな気分だった」

すると、ママがつないでいた手にきゅっと力をこめました。

「ほんとに空をとべたら、どんなに気持ちいいかしら。想像してみて。ぐーんと高くとびあがったり、空中でくるくるまわったり、ダンスをしたり。きっと、すてきよね？」

「うん、すてきだね！」

ピュアはそういいながら、こっそり心のなかで「きょうは一日じゅう、わたしのせなかに羽があったんだよ」とつぶやいて、ママにわらいかけました。

家につくと、ピュアは二階にかけのぼって、自分の部屋にとびこみました。宝石箱をとりだして、ガーネットのリングのよこに、だいじにトパーズのビーズをしまいます。
これで誕生石はふたつ。まだまだあつめないと。
オークの木が切りたおされたりしないように……！

それから、ピュアはママによばれて、いっしょにアップルジュースとキャロットケーキのおやつにしました。昼食を食べそこなったので、おなかがぺこぺこです。そのあとやっと外にとびだして、オークの木の下においてある妖精ハウスにやってきました。

ピュアはいつものように、魔法で妖精の大きさになりました（もちろん、大きさがかわっただけで、羽はなしです！）。さっそく、ドアをあけてなかに入ります。

ところが、いっしょに帰ってきたはずの妖精たちが、でむかえてくれません。

「みんな、いないの？」

ピュアは声をかけてみましたが、やっぱり返事がありません。

かわりに、クスクスわらう声がきこえてきました。そして、階段の上から、ブルーベルの声がしたのです。

「かくれんぼだよ！　ピュアがオニ！」

そこでピュアは、よおし、とうでまくりをすると、いきおいよく階段をのぼりながら、さけびました。

「つかまえに行くよー！」

全員を見つけるのに時間はかかりませんでした。なにしろ妖精のみんなは、じっとうごかずにだまっていることが、にがてなのです。

ピュアはすぐにブルーベルをからっぽのおふろからひっぱりだし、スノードロップを洋服だんすのなかで見つけ、サルビアをベッドの下からだしました。デイジーはなんと、食器だなのなかにぎゅうぎゅ

うにはまっていました。

　そのあとつづけて三回かくれんぼをしたあと、五人はブルーベルの水玉もようのベッドカバーのかかったベッドの上にあつまりました。ならんでねころび、ベッドのはしから頭をだして、わざとだらんとさせます。

　急にデイジーがため息まじりにいいました。

「あーあ、わたしも人間に変身したかったな。どの授業も楽しそうだった。音楽に合わせてダンスしてたときなんて、ものすごーくね！」

「人間になっていろんなことをしてみたかったのは、わたしたちみんな、おなじだったと思います……」

　スノードロップがかなしそうにいいました。

すると、サルビアが笑顔になりました。

「ねえ、ここであたしたちだけの授業をやるのは、どう？」

「それってグッドアイデア！　それなら、こんどはうちだって、反省してなさい、なんていわれないもんね！」

ブルーベルはそういって、小さくわらいました。

「それはどうかしらねえ」とサルビア。

「だいじょうぶだもん！　だってこんどはうちが先生になるから！自分に『反省してなさい』なんて、いわないよ」

そこでみんなはわらいながらリビングに行くと、さっそくバラの花びらのカバーがかかったソファーや、タンポポのしきものをかべぎわによせました。

Fairy Lesson
Dance
and
Music!!

さあ、妖精たちの授業が、はじまります！

魔法のかかった小さなグランドピアノをサルビアがひきます。ブルーベルは先生役です。

ピュアとほかのふたりは、音楽に合わせてダンス！

宙返りやステップや側転をしたり、ジャンプとスキップのあと、くるくるまわったり……！

妖精たちの楽しい授業は、夕食の時間までつづきました。

○月×日

あーなんて、もりだくさんな一日だったんだろう！

うちは、きょうの日のこと、ぜったいにわすれない。

くやしいことも、かなしいこともあったけど、

見るものすべてが新しくて、おもしろくて、

やっぱりすっごく楽しかったから。

自分で自分を、ほめてあげたい気分！

そりゃあ、妖精でいるのがいちばんだけど、

一日だけならまた、人間の女の子になってみてもいいなあ。

だれか、妖精になってみたい人がいたら……

うちに、こっそり教えてほしいな！

じゃあ、またね！

ひみつのおしゃれ特集★
～季節のおでかけ編～

今回のお話は、ブルーベルが大活躍だったね！　なれない学校ですごくがんばってた。
お昼ごはんまでしっかり食べちゃって、おなかだいじょうぶだったかなあ……。
さて！　今回のファンルームは、おまちかねのファッション特集！
モデルは、ピュアと妖精たち♪　季節にあわせたコーデにちょうせんしてもらったよ。
妖精たちにとっては、はじめてのおしゃれ……！　ドキドキのひとときです☆

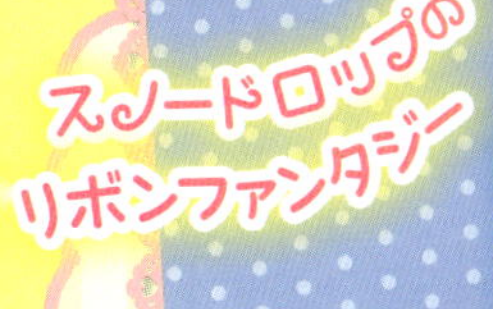

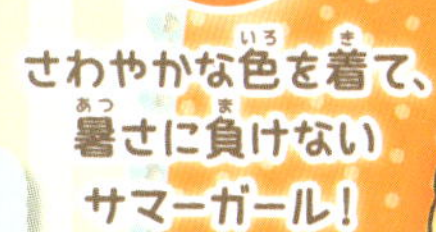

ベレーぼうにミトン、
それにふわふわ
ポンチョ……
冬のアイテムを
そろえたら、
物語の主人公
みたい♪

とっておきの
スカートを
はくだけで、
一日がハッピーに
なるからふしぎ！

バッグやくつ……
小物の色を
あわせると、
どんなコーデも
すっきりまとまるよ♥

WINTER
冬

寒い日にこそ、
だいすきな服をかさねて
上級おしゃれ☆

SUMMER
夏

さわやかな色を着て、
暑さに負けない
サマーガール！

イエロー×
ラベンダーは、
まねしてみたい
おしゃれカラー！

ギンガムチェックの
ワンピースで、
女の子度たちまち
アップ☆

かごバッグに
日がさ……
すずしげ
アイテムで
夏気分♪

サンダルには、
ガーリーな
くつしたを
あわせるの♥

デイジーの
フラワーギンガム

ほんとだね。
おしゃれって
楽しい！

みんなは
どのコーデを
着てみたい？

秋色のマフラーに、
色づいた葉っぱの
ブローチをさして☆

ニットワンピースに
カラーパンツを
あわせてかっこよく♪

クラッチバッグを
もつと、ぐんと
おとなな気持ちに
なれる☆

安定感のある
ブーツなら、
ほんのすこし
ヒールがあっても
歩きやすいよ！

AUTUMN
秋

実りの季節には
ちょっと背のびして
おとな色にチャレンジ♪

サルビアの
カラフルミックス

また
3巻で
あおうね！

作　ケリー・マケイン　（Kelly McKain）

イギリスのロンドン在住。大学卒業後コピーライターとしてはたらいたのち教師となる。生徒に本を読みきかせるうち、自分でも物語を書いてみようと思いたち、作家になった。邦訳作品に「ファッション・ガールズ」シリーズ（ポプラ社）がある。

訳　田中亜希子　（たなか あきこ）

千葉県生まれ。銀行勤務ののち翻訳者になる。訳書に『コッケモーモー！』（徳間書店）、「プリンセス☆マジック」シリーズ（ポプラ社）、「マーメイド・ガールズ」シリーズ（あすなろ書房）、『僕らの事情。』（求龍堂）、『迷子のアリたち』（小学館）など多数。

絵　まめゆか

東京都在住。東京家政大学短期大学部服飾美術科卒業。児童書の挿し絵を手掛けるイラストレーター。挿画作品に『ミラクルきょうふ！ 本当に怖い話　暗黒の舞台』（西東社）、『メゾ ピアノ おしゃれおえかき＆きせかえシールブック』（学研プラス）などがある。

ひみつの妖精ハウス②

ひみつの妖精ハウス
転校生がやってきた！

2016年7月　第1刷
2020年12月　第5刷

作　ケリー・マケイン
訳　田中亜希子
絵　まめゆか

発行者　千葉 均
発行所　株式会社ポプラ社
〒102-8519 東京都千代田区麹町 4-2-6・9F
TEL 03-5877-8108（編集）　03-5877-8109（営業）
ホームページ　www.poplar.co.jp
印刷・製本　中央精版印刷株式会社

装丁・本文デザイン　吉沢千明

N.D.C.933/151P/20cm　ISBN978-4-591-15070-2

P4131002

〒102-8519
東京都千代田区麹町 4-2-6・9F
（株）ポプラ社
「ひみつの妖精ハウス」係まで